अरेबियन नाइट्स

सैयद ई. ज़मानी

pencil

ISBN 978-93-5667-902-3
© Seyed E.Zamani 2023

Published in India 2023 by Pencil

A brand of
One Point Six Technologies Pvt. Ltd.
Unit no. 26, Ground Floor, Building A1,
Wadala Truck Terminal Road,
Near Post Office, Antop Hill, Mumbai - 400037
E connect@thepencilapp.com
W www.thepencilapp.com

Author biography

लेखक ने अंग्रेजी, जर्मन और फ्रेंच में अमेज़ॅन और अन्य प्रकाशकों द्वारा बच्चों और माता-पिता के लिए बहुत सारी सामाजिक पुस्तकें, उपन्यास, कथा और कहानी की किताबें प्रकाशित की हैं। आप यहाँ जा सकते हैं: Facebook.com/ Parsian Zamani

CONTENTS

अरेबियन नाइट्स

अरेबियन ओल्ड स्टोरीज़:

वॉल्यूम-1

अरेबियन नाइट्स

लेखक: सैयद ई. ज़मानी

मैं अपने लिए डरता था और इसलिए मैंने बेकरी को बंद कर दिया और छिप गया।' 'मुझे गिरफ्तार कर लिया गया,' 'अब्द अल्लाह सहमत हो गया, और फिर उसने बेकर को राजा और बाजार के अधीक्षक के साथ अपनी मुठभेड़ की कहानी सुनाई, यह समझाते हुए कि राजा ने अपनी बेटी की शादी उससे की थी और उसे अपना वज़ीर नियुक्त किया था। उसने आगे कहा: 'टोकरी में जो कुछ है उसे अपने हिस्से के रूप में ले लो और डरो मत।

जब उसने बेकर के डर को शांत कर दिया, तो वह अपनी खाली टोकरी के साथ राजा के पास वापस गया और राजा ने कहा: 'ऐसा लगता है जैसे तुम आज अपने दोस्त मर्मन से नहीं

मिले।' 'अब्द अल्लाह ने जवाब दिया: 'मैं उसके पास गया था, लेकिन मैंने उन गहनों को पारित कर दिया जो उसने मुझे मेरे दोस्त को बेकर को दिए, जिसने मेरी सेवा की थी।' 'यह बेकर कौन है?' राजा ने पूछा, और 'अब्द अल्लाह ने उससे कहा कि यह एक दयालु व्यक्ति था जिसने उसकी गरीबी के दिनों में उसकी सेवा की थी, उसकी उपेक्षा या निराश नहीं किया। 'उसका नाम क्या है?' राजा ने पूछा, और 'अब्द अल्लाह ने उससे कहा:' वह 'अब्द अल्लाह बेकर है, जबकि मैं' भूमि का अब्द अल्लाह हूं और मेरा दोस्त 'समुद्र का अब्द अल्लाह' है। 'मुझे भी 'अब्द अल्लाह' कहा जाता है, 'राजा ने उससे कहा,' और सभी 'अब्द अल्लाह भाई हैं। इसलिए अपने बेकर दोस्त को बुलाओ ताकि मैं उसे अपने बाएं हाथ का जादूगर नियुक्त कर सकूं।

अब सुबह हो गई और शाहराजाद ने जो कुछ कहने की अनुमति दी थी उससे अलग हो गए। फिर, जब वह नौ सौ चौवालीसवीं रात थी, तो उसने आगे कहा:

मैंने सुना है, भाग्यशाली राजा, कि राजा ने अपने दामाद को नियुक्त किया, 'देश का अब्द अल्लाह, दाएं का वज़ीर और बाईं ओर का बेकर वज़ीर। पूरे एक साल तक ऐसा ही चलता रहा 'अब्द अल्लाह मछुआरा हर दिन फलों की टोकरी लेकर जाता है और उसे कीमती रत्नों से भरकर वापस लाता है। जब बगीचे के फल नहीं रह गए, तो उन्होंने किशमिश, बादाम, हेज़लनट्स,

अखरोट, सूखे अंजीर आदि लेना शुरू कर दिया, और मर्मन जो कुछ भी लाए, उसे स्वीकार कर लिया, रत्नों से भरी टोकरी लौटा दी। एक दिन, इस आदान-प्रदान के दौरान, 'अब्द अल्लाह किनारे पर बैठ गया, जबकि मर्मन पानी में पास था। जब बातचीत कब्रों में बदल गई तो वे कई विषयों पर बात कर रहे थे।

मरमन ने कहा: 'हमें बताया गया है, भाई, जमीन पर आपके पास पैगंबर की कब्र है, भगवान उसे आशीर्वाद दे और उसे शांति दे। क्या आप जानते हैं यह कहाँ है?' 'हाँ,' उसके दोस्त ने कहा और जब मर्मन ने पूछा कि वह कहाँ है, तो उसने उससे कहा: 'तैय्यबा नामक शहर में।'* 'और क्या देश के लोग इसकी तीर्थयात्रा करते हैं?' 'हाँ,' ने कहा 'अब्द अल्लाह। 'मैं आप लोगों को बधाई देता हूं,' मर्मन ने कहा, 'इस महान और दयालु पैगंबर की यात्रा करने में सक्षम होने पर, जो लोग इस तीर्थयात्रा को अपनी हिमायत का अधिकार जीतते हैं।

क्या आप खुद वहां गए हैं, मेरे भाई?' 'नहीं,' मछुआरे ने कहा, 'क्योंकि मैं एक गरीब आदमी था और मैं यात्रा का खर्च नहीं उठा सकता था। जब से मैं तुमसे मिला हूं और तुम मेरे लिए इतने अच्छे रहे हैं कि मैं अमीर बन गया हूं, लेकिन अब मुझे वहां जाना चाहिए जब मैंने भगवान के पवित्र भवन की तीर्थ यात्रा की। केवल एक चीज जो मुझे रोकती है, वह है तुम्हारे लिए मेरा प्यार, क्योंकि मैं तुम्हें एक दिन के लिए भी नहीं छोड़

सकता।' 'क्या आप मुहम्मद की कब्र की यात्रा से पहले मेरे लिए अपना प्यार रखते हैं - भगवान उसे आशीर्वाद दे और उसे शांति दे?' उसके मित्र ने पूछा, 'वह ईश्वर के न्याय दिवस से पहले आपके लिए हस्तक्षेप करेगा, इसलिए आपको नरक की आग से बचाएगा और आपको स्वर्ग में प्रवेश करने की इजाजत देगा।

क्या आप सांसारिक प्रेम के कारण उसकी कब्र की तीर्थ यात्रा छोड़ देंगे?' 'नहीं, भगवान द्वारा,' मछुआरे ने उत्तर दिया, 'जहां तक मेरा संबंध है, यह हर चीज पर पूर्वता लेता है, और मैं इस वर्ष वहां जाने के लिए आपकी अनुमति चाहता हूं। ' मर्मन ने इस पर सहमति व्यक्त की और कहा: 'जब आप उसकी कब्र के ऊपर खड़े हों, तो उसे मेरे लिए नमस्कार करें।

कुछ ऐसा भी है जो मैं आपको सौंपना चाहता हूं। यदि तुम मेरे साथ समुद्र में आओ, तो मैं तुम्हें अपने शहर में ले जाऊंगा, अपने घर में एक अतिथि के रूप में तुम्हारा मनोरंजन करूंगा और तुम्हें पैगंबर की कब्र पर जमा करने के लिए दूंगा। तब आप कह सकते हैं: "ईश्वर के रसूल, 'समुद्र के अब्द अल्लाह आपको नमस्कार करते हैं और आपको यह उपहार भेजा है, इस उम्मीद में कि आप उसे नरक की आग से बचाने के लिए उसके लिए हस्तक्षेप करेंगे।" मछुआरे ने कहा: 'भाई, तुम थे पानी में पैदा हुआ; आप वहां रहते हैं और इससे आपको कोई नुकसान नहीं होता, लेकिन अगर आप इसे छोड़कर जमीन पर आ गए

तो क्या आप घायल हो जाएंगे?' 'हाँ,' दूसरे ने कहा, 'मेरा शरीर सूख जाएगा और ज़मीन की हवाएँ मुझे मार डालेगी।' मछुआरे ने उससे कहा, 'मैं उसी स्थिति में हूं।' 'मैं जमीन पर पैदा हुआ और वहीं रहता हूं। यदि मैं जल में जाऊँ, तो उसे निगल जाऊँगा और वह मुझे गला घोंटकर मार डालेगा।' 'डरो मत,' उसके दोस्त ने उससे कहा।

यदि तुम अपने शरीर पर उस मरहम से मलते हो जो मैं तुम्हारे लिए लाऊंगा, तो पानी तुम्हें हानि नहीं पहुंचाएगा, चाहे तुम अपना शेष जीवन समुद्र में भटकते हुए, सोने के लिए लेट जाओ और बाद में उठो।' 'अगर ऐसा है, अच्छा और अच्छा,' अब्द अल्लाह ने कहा, 'तो मेरे लिए मरहम लाओ और मुझे इसे आजमाने दो।' 'बहुत अच्छा,' मरमन ने जवाब दिया।

फिर वह टोकरी ले गया और समुद्र में गायब हो गया, इसके तुरंत बाद गाय की चर्बी, सुनहरे पीले रंग की, एक साफ गंध के साथ लौट रहा था। जब मछुआरे ने पूछा कि यह क्या है, तो उसने कहा:

यह मछली की एक प्रजाति के जिगर से आता है जिसे दंडन कहा जाता है, जो एक विशाल प्राणी है और हमारे सबसे बुरे दुश्मनों में से एक है। यह किसी भी जानवर से बड़ा है जो आपके पास जमीन पर है, और अगर वह ऊंट या हाथी के सामने आ जाए, तो वह उन्हें निगल जाएगा।' 'यह भयावह जानवर क्या खाता है?' मछुआरे से पूछा, और उसके दोस्त ने

उससे कहा: 'यह समुद्री जीवों को खाता है, और आपने कहावत सुनी होगी: "समुद्र में मछली की तरह, मजबूत कमजोर को खाते हैं।" 'सच है,' मछुआरे ने कहा, 'लेकिन हैं समुद्र में ऐसे बहुत से दंडन हैं?' 'सर्वशक्तिमान ईश्वर को छोड़कर कोई भी अधिक गिन सकता है,' दूसरे ने उत्तर दिया, जिस पर मछुआरे ने कहा:

यदि मैं तुम्हारे साथ वहाँ जाता हूँ, तो मुझे डर लगता है कि उनमें से कोई मुझसे मिल कर मुझे निगल जाएगा।' उसके मित्र ने उससे कहा, 'डरने की कोई आवश्यकता नहीं है, क्योंकि यदि उनमें से एक तुम पर दृष्टि डाले, तो वह पहचान लेगा कि तुम आदम के पुत्र हो और भयभीत हो जाओ।

समुद्र में ऐसा कुछ भी नहीं है जो इसे इंसानों से ज्यादा डराता हो, क्योंकि आप में से किसी एक को खाने का मतलब है उसके लिए तत्काल मौत, मानव वसा उसकी प्रजातियों के लिए घातक जहर है। इसके जिगर की चर्बी को इकट्ठा करने का एकमात्र तरीका यह है कि जब आप में से कोई एक समुद्र में गिर जाए और डूब जाए, क्योंकि लाश का रूप बदल जाता है और उसका मांस फट सकता है। उस स्थिति में, दंडन उसे खा जाएगा, यह सोचकर कि यह एक समुद्री जीव का है, और परिणामस्वरूप वह मर जाएगा।

फिर, जब हम उसके शव के सामने आते हैं, तो हम उसके जिगर की चर्बी लेते हैं और उसे अपने शरीर पर रगड़ते हैं ताकि

हमें समुद्र में घूमने में मदद मिल सके। अगर एक सौ दंडन हैं, दो सौ, एक हजार या इससे भी अधिक मानव आवाज की सीमा के भीतर हैं, तो इसमें से एक आवाज उन सभी को तुरंत मार देगी ... 'अब सुबह हो गई और शाहराजाद ने जो कुछ भी कहने की अनुमति दी थी, उससे अलग हो गए। फिर, जब वह नौ सौ पैंतालीसवीं रात थी, तो उसने आगे कहा:

मैंने सुना है, भाग्यशाली राजा, कि मरमन ने 'अब्द अल्लाह' से कहा: 'यदि इनमें से एक हजार जीव या इससे भी अधिक एक इंसान से एक भी चिल्लाहट सुनते हैं, तो वे तुरंत मर जाएंगे। उनमें से एक भी नहीं बच पाएगा, चाहे वह कहीं भी हो जाए।'

'मैंने अपना भरोसा भगवान पर रखा,' अब्द अल्लाह ने कहा, और उसने अपने कपड़े उतार दिए और उन्हें एक छेद में दफन कर दिया जिसे उसने किनारे पर खोदा था।

उसने अपने सिर के मुकुट से अपने पैरों के तलवों तक अपने शरीर पर तेल मल दिया, और फिर नीचे जाकर पानी में गिर गया। जब उसने अपनी आँखें खोलीं, तो उसने पाया कि वह इससे अप्रभावित था और इसलिए उसने जहाँ चाहा वहाँ चलना शुरू कर दिया, चाहे तो ऊपर आ गया या फिर गहराई में चला गया। उसने देखा कि पानी उसके ऊपर तंबू की तरह फैला हुआ है और उसने पाया कि इससे उसे कोई नुकसान नहीं हो रहा है। 'तुम क्या देखते हो, भाई?' अपने साथी से पूछा। 'कुछ नहीं लेकिन अच्छा है,' 'अब्द अल्लाह ने जवाब दिया, 'आपने जो

कहा वह सच था, क्योंकि पानी मुझे नुकसान नहीं पहुंचा रहा है।' उनके निर्देश पर, उन्होंने मर्मन का अनुसरण किया और वे दोनों एक स्थान से दूसरे स्थान पर चले गए, 'अब्द अल्लाह अपने सामने और दाएं और बाएं पानी के पहाड़ों को देख रहा था। वह उन्हें खुशी से देखता था, साथ ही विभिन्न प्रकार की मछलियाँ, बड़ी और छोटी, जो खुद को वहाँ ले जा रही थीं। उनमें भैंस जैसी दिखने वाली चीजें थीं; दूसरे गायों की तरह दिखते थे; कुछ कुत्तों की तरह थे।

जबकि एक संख्या में मानव रूपों जैसा दिखता था। जब भी दोनों साथी उनमें से किसी के पास आते, तो वे 'अब्द अल्लाह' की दृष्टि से भाग जाते, और जब उन्होंने अपने मित्र रो पूछा कि ऐसा क्यों है, तो उन्होंने उत्तर दिया: 'यह इसलिए है क्योंकि वे आपसे डरते हैं, क्योंकि सभी ईश्वर के प्राणी डरते हैं यार।

"अब्द अल्लाह समुद्र के अजूबों का निरीक्षण करता रहा जब तक कि वह और उसका दोस्त एक ऊंचे पहाड़ पर नहीं पहुँच गए।

वह उसके साथ-साथ चल रहा था, तभी अचानक एक ज़ोर से चीख-पुकार मची और उसे एक काली आकृति दिखाई दी, जो ऊँट से भी बड़ी या बड़ी थी, जो पहाड़ से उस पर गोता लगा रही थी और ऐसा ही कर रही थी। 'यह क्या है?' उसने पूछा और मरमन ने कहा: 'यह एक दंडन है जो मुझे खोजने के लिए नीचे आ रहा है, क्योंकि यह मुझे खाना चाहता है। इससे पहले कि

वह हम तक पहुंचे, उस पर चिल्लाना, नहीं तो वह मुझे अपना शिकार बना कर ले जाएगा।' 'अब्द अल्लाह चिल्लाया और जानवर मर गया। जब उन्होंने शव को देखा, 'अब्द अल्लाह ने कहा:

भगवान की महिमा और स्तुति हो। मैंने न तो तलवार का इस्तेमाल किया और न ही चाकू का, और इतने बड़े जीव की मौत सिर्फ इसलिए कैसे हो सकती है क्योंकि वह मेरी आवाज को सहन नहीं कर सकता था?' उसके दोस्त ने कहा, 'आश्चर्य की कोई बात नहीं है, क्योंकि अगर उनमें से एक हजार या दो हजार भी होते, तो वे सभी उसके आगे झुक जाते। 'वे दोनों एक नगर की ओर चल दिए, जिसके निवासी स्त्रियां थीं, और कोई पुरुष दिखाई न देने वाला था। 'यह कौन सी जगह है और ये महिलाएं क्या हैं?'

अब्द अल्लाह ने पूछा, और मर्मन ने उत्तर दिया: 'यह महिलाओं का शहर है, केवल मत्स्यांगनाओं द्वारा लोगों को।' जब अब्द अल्लाह ने उससे पूछा कि क्या वहां कोई पुरुष थे, और कहा गया कि कोई भी नहीं है, तो उसने पूछा: 'यदि ऐसा है, तो वे गर्भ धारण करने और बच्चे पैदा करने का प्रबंधन कैसे करते हैं?' उसके दोस्त ने समझाया: 'ये वे स्त्रियाँ हैं जिन्हें समुद्र के राजा ने यहाँ निर्वासित कर दिया है, और वे न तो गर्भ धारण कर सकती हैं और न ही जन्म दे सकती हैं। वह उन्हें यहाँ भेजता है जिनसे वह नाराज़ हैं। वे नहीं जा सकते, और यदि वे

कोशिश करें, तो कोई भी समुद्री जीव, जिसने उन्हें देखा, खा जाएगा, परन्तु दूसरे नगरों में तुम पुरुष और स्त्री दोनों पा सकते हो।' 'तो समुद्र में और भी शहर हैं?' कहा 'अब्द अल्लाह। 'उनमें से कई हैं,' मर्मन ने उत्तर दिया, और जब 'अब्द अल्लाह ने पूछा कि क्या समुद्र का राजा था, तो उसने भी पुष्टि की।

'अब्द अल्लाह ने कहा: 'भाई, मैंने समुद्र में कई चमत्कार देखे हैं।' 'आपका क्या मतलब है?' अपने दोस्त से पूछा। 'क्या तुमने यह कहावत नहीं सुनी है कि भूमि से अधिक समुद्र पर चमत्कार होते हैं?' 'बिल्कुल सच है,' अब्द अल्लाह ने कहा, 'अब्द अल्लाह, उन महिलाओं को देख रहा है, जिनके चेहरे, उन्होंने देखा, चाँद की तरह चमक रहे थे; उनके शरीर के बीच में हाथ और पैर के साथ महिलाओं के बाल थे, और उनकी पूंछ मछली की तरह थी।

उसे मत्स्यांगनाओं को दिखाने के बाद, 'अब्द अल्लाह का साथी उसे ले गया और उसे दूसरे शहर में ले गया, जो उसे दोनों लिंगों के लोगों से भरा हुआ मिला, जिनकी आकृतियाँ, उनकी पूंछ सहित, पहले शहर के निवासियों की तरह थीं। भूमि के लोगों के बीच प्रथा, वहां कोई व्यापार नहीं किया गया था, और लोग नग्न थे, अपने निजी अंगों को छुपाए नहीं थे। जब अब्द अल्लाह ने इस बारे में पूछा तो उसके दोस्त ने बताया कि ऐसा इसलिए हुआ क्योंकि समुद्र के लोगों के पास कपड़े बनाने के लिए कोई सामग्री नहीं थी।

'जब वे शादी करते हैं तो वे क्या करते हैं?' 'अब्द अल्लाह ने पूछा। 'वे शादी नहीं करते,' मर्मन ने जवाब दिया, 'लेकिन जब भी कोई पुरुष किसी महिला के प्रति आकर्षित होता है, तो वह उसके साथ जो चाहता है वह करता है।' 'यह गैरकानूनी है,' अब्द अल्लाह ने कहा।

वह उसका हाथ क्यों नहीं मांगता, उसे दहेज देता, शादी का जश्न मनाता और भगवान और उसके प्रेरित की इच्छा के अनुसार उससे शादी क्यों नहीं करता?' उनके दोस्त ने समझाया: 'हम सभी एक ही धर्म को साझा नहीं करते हैं। हम में से कुछ मुसलमान हैं, जो ईश्वर की एकता में विश्वास करते हैं, जबकि अन्य ईसाई, यहूदी आदि हैं, हालांकि विशेष रूप से मुसलमान ही शादी करते हैं।' 'चूंकि आपके पास न कपड़े हैं और न ही व्यापार, आपकी महिलाओं का दहेज क्या है?

क्या आप उन्हें बहुमूल्य रत्न देते हैं?' 'अब्द अल्लाह ने पूछा। दूसरे ने उत्तर दिया, 'हमारे लिए वे केवल मूल्यहीन पत्थर हैं।

'जो कोई भी शादी करना चाहता है उससे एक निश्चित प्रकार की मछली मांगी जाती है और उसे दुल्हन के पिता के साथ किए गए समझौते के आधार पर उनमें से एक हजार या दो हजार, या अधिक या कम पकड़ना पड़ता है। जब उसने उन्हें पैदा किया, तो दोनों परिवार एक भोज में शामिल होने के लिए इकट्ठे होते हैं और इसके बाद दूल्हे को दुल्हन के पास लाया जाता है। वह उसे मछली खिलाता है जो उसने खुद पकड़ी है,

और अगर वह ऐसा नहीं कर सकता है, तो वह उन्हें पकड़ती है और उसे खिलाती है।' 'अगर कोई व्यभिचार करता है तो क्या होगा?' 'अब्द अल्लाह ने पूछा, जिस पर उसके दोस्त ने जवाब दिया:

अगर कोई महिला इसमें दोषी साबित होती है तो उसे महिला शहर में भगा दिया जाता है। यदि उसके संपर्क ने उसे गर्भवती छोड़ दिया है, तो वे उसे जन्म देने तक छोड़ देते हैं। फिर, यदि बच्चा एक लड़की है, तो माँ और बच्चा दोनों बंधुआई में हैं और बच्चे को व्यभिचारी, एक व्यभिचारी की बेटी कहा जाता है, और वह तब तक कुंवारी रहती है जब तक वह मर नहीं जाती, और यदि वह लड़का है, तो वे उसे राजा के पास ले जाते हैं समुद्र, जिसने उसे मार डाला है।

इसने अब्द अल्लाह को चकित कर दिया, जिसे तब उसका दोस्त एक शहर से दूसरे शहर ले गया था, जब तक कि उसे कुल मिलाकर अस्सी नहीं दिखाया गया था, जिसका प्रत्येक निवासी दूसरों से अलग था। उसने पूछा कि क्या समुद्र में और शहर हैं, और उसके साथी ने उत्तर दिया: 'तुमने समुद्र के शहरों और उसके चमत्कारों के बारे में क्या देखा है? मैं महान पैगंबर, दयालु और दयालु की कसम खाता हूं, कि अगर मैं आपको एक हजार साल तक मार्गदर्शन करता और हर दिन एक हजार शहरों को दिखाता, जिनमें से हर एक में एक हजार चमत्कार होते, तो मैं आपको एक कैरेट का नहीं दिखाता। समुद्र के नगरों

के चौबीस कैरेट वजन और उनके चमत्कार। जो कुछ मैंने तुम्हें दिखाया है, वह मेरे ही देश के जिलों से ज्यादा कुछ नहीं है।' 'अगर ऐसा है, मेरे दोस्त,' अब्द अल्लाह ने कहा, 'मैंने काफी देखा है, क्योंकि मैं मछली खाकर थक गया हूं। मैं तुम्हारे साथ अस्सी दिन से हूँ, और हर भोर और सांझ को तू ने मुझे मछली के सिवा कुछ न दिया, और न भूनी हुई, और न किसी रीति से पकाई, परन्तु कच्ची ही दी।' 'खाना पकाने और भूनने से आपका क्या तात्पर्य है?' मरमन ने पूछा, और 'अब्द अल्लाह ने समझाया:

हम मछली को आग पर ग्रिल करते हैं और कई तरह से पकाते हैं, जिससे कई तरह के व्यंजन बनते हैं।' 'हमें आग कैसे लग सकती है?' दूसरे से पूछा। 'हम ग्रिलिंग या खाना पकाने या इस तरह की किसी भी चीज़ के बारे में कुछ नहीं जानते हैं।' जब अब्द अल्लाह ने उसे जैतून या तिल के तेल में पकाई हुई मछली के बारे में बताया, तो उसने दोहराया: 'हमें ऐसा तेल कैसे मिल सकता है? हम समुद्र के निवासी उन बातों के बारे में कुछ नहीं जानते हैं जिनके बारे में आपने बात की है।' 'बिल्कुल सच है,' अब्द अल्लाह ने कहा, 'लेकिन, भाई, हालाँकि तुम मुझे कई शहरों में ले गए, लेकिन तुमने मुझे अपना नहीं दिखाया।' दूसरे ने कहा, 'हम इससे बहुत आगे निकल चुके हैं, क्योंकि यह किनारे के करीब है जहां से हमने शुरुआत की थी।

तुम्हें उस तक ले जाने के बजाय, मैं तुम्हें यहाँ ले आया क्योंकि

मैं तुम्हें समुद्र के शहरों का एक दौरा देना चाहता था।' अब्द अल्लाह ने जवाब दिया, 'मैंने अब उनमें से बहुत कुछ देखा है, और जो मैं देखना चाहता हूं वह आपका अपना शहर है।' उसका साथी इस पर राजी हो गया और उसे वापस ले गया।

जब अब्द अल्लाह वहाँ पहुँचा, तो उसने पाया कि शहर दूसरों की तुलना में छोटा था जिसे उसने देखा था। उसके अंदर प्रवेश करने के बाद, उसका साथी उसे एक गुफा में ले गया। 'यह मेरा घर है,' उसने कहा, 'यहाँ सभी घरों के लिए पहाड़ की गुफाएँ हैं, दोनों बड़ी और छोटी।

यह बात समुद्र के सभी नगरों में सच है, क्योंकि जो कोई घर बनाना चाहता है, वह राजा के पास जाता है और उसे बताता है कि वह कहाँ रहना चाहता है। राजा उसे कई तथाकथित "बोरर" मछलियों के साथ विदा करता है, जिन्हें एक निश्चित मात्रा में अन्य मछलियों के बदले किराए पर लिया जाता है। इन "बोरर्स" में चोंच होती है जो ठोस चट्टान में घुस सकती है, और जब वे पहाड़ पर आते हैं जिसे आदमी ने अपने घर के लिए जगह के रूप में चुना है, तो वे खुदाई का काम करने के लिए तैयार हो जाते हैं, जबकि घर का मालिक मछली पकड़ता है जिस पर फ़ीड करना है जब तक गुफा को खोदा नहीं गया है। "बोरर्स" तब निकल जाते हैं और गुफा पर मालिक का कब्जा हो जाता है। सभी समुद्री लोग ऐसे ही रहते हैं और उनके सभी लेन-देन और सेवा जो वे एक दूसरे के लिए करते हैं वे मछली के

बदले में की जाती हैं, और यह केवल मछली है जिसे वे खाते हैं।'

'अब्द अल्लाह को अब गुफा में जाने के लिए आमंत्रित किया गया था, और जब उसने ऐसा किया था, मरमन ने अपनी बेटी को बुलाया। जो नंगी लड़की उससे मिलने आई थी, उसका चेहरा चाँद जैसा गोल था, लंबे बाल, भारी नितंब, काजल- काली आँखें, पतली कमर और पूंछ थी।

जब उसने अपने पिता के साथ अब्द अल्लाह को देखा, तो उसने कहाः 'पिताजी, यह पूंछहीन प्राणी क्या है जो आप अपने साथ लाए हैं?' उसने उससे कहाः 'यह मेरा भूमि मित्र है और यह उसी की ओर से है कि मैं तुम्हारे लिए भूमि से फल ला रहा हूं। आओ और उसे नमस्कार करो।' उस पर, लड़की आई और जब उसने उसे एक अच्छी तरह से व्यक्त और वाक्पटु अभिवादन दिया, तो उसके पिता ने कहाः 'हमारे अतिथि के लिए भोजन लाओ, जिसके आने से हमें आशीर्वाद मिला है।

उसने दो बड़ी मछलियाँ पैदा कीं, प्रत्येक मेमने के आकार की, और जब उसके मेज़बान ने उसे खाने के लिए कहा, तो उसने ऐसा अनिच्छा से किया, केवल भूख से प्रेरित होकर, क्योंकि वह मछली के आहार से थक गया था, जो उनके पास एकमात्र भोजन था। इसके तुरंत बाद, मर्मन की पत्नी अंदर आई, दो छोटे लड़कों के साथ एक खूबसूरत महिला, जिनमें से प्रत्येक एक छोटी मछली को कुतर रही थी जैसे कि एक आदमी एक ककड़ी को कुतरता है। अपने पति के साथ अब्द अल्लाह को

देखकर उसने कहाः 'यह पूंछहीन प्राणी क्या है?' दोनों लड़के और उनकी बहन, अपनी माँ के साथ, 'अब्द अल्लाह को पीछे से देखते हुए, उस पर हँसते हुए और चिल्लाते हुए कहते हैंः 'हाँ, भगवान द्वारा, उसकी पूंछ नहीं है।' 'भाई,' अब्द अल्लाह ने कहा, 'क्या तुम मुझे अपने बच्चों और अपनी पत्नी के लिए हंसी का पात्र बनने के लिए यहां लाए हो?' अब सुबह हो गई और शाहराजाद ने जो कुछ कहने की अनुमति दी थी उससे अलग हो गए। फिर, जब नौ सौ छियालीसवीं रात हुई,

मैंने सुना है, हे भाग्यशाली राजा, कि 'अब्द अल्लाह ने मरमन से कहाः 'भाई, क्या तुम मुझे अपने बच्चों और अपनी पत्नी के लिए हंसी का पात्र बनने के लिए यहां लाए हो?'

कृपया इसे क्षमा करें, 'उसके मेजबान ने कहा,' लेकिन हमारे यहां कोई भी नहीं है जो बिना पूंछ के है, और यदि ऐसा कोई व्यक्ति मिलता है, तो राजा उसे हंसने के लिए बुलाता है। लेकिन इन छोटे बच्चों और इस महिला को दोष मत दो, क्योंकि उनमें बुद्धि की कमी है।' फिर उसने अपने परिवार को चुप रहने के लिए चिल्लाया और वे डर के मारे चुप रहे। जब वह उससे बात करके अब्द अल्लाह को आश्वस्त करने की कोशिश कर रहा था, तो दस बड़े, मजबूत और मोटे-मोटे मरमेन आए और उससे कहाः 'राजा ने सुना है कि तुम्हारे पास भूमिहीन प्राणियों में से एक है।' 'हाँ,' उसने उत्तर दिया, 'वह यह आदमी है, मेरा एक मित्र है, जो यहाँ मेरे अतिथि के रूप में है और जिसे

मैं वापस भूमि पर ले जाने का इरादा रखता हूँ।

नवागंतुकों ने उससे कहाः 'हम उसके बिना नहीं जा सकते, परन्तु यदि तुम्हें कुछ कहना है, तो उसे अपने साथ ले जाओ और हमारे बजाय राजा से बात करो।' 'भाई,' उसके मेजबान ने 'अब्द अल्लाह' से कहा, 'मेरा बहाना आपके लिए स्पष्ट होना चाहिए, क्योंकि हम राजा की अवज्ञा नहीं कर सकते। मेरे साथ उसके पास आओ और मैं यह देखने की पूरी कोशिश करूंगा कि तुम मुक्त हो जाओ, अगर भगवान ने चाहा।

 डरने की कोई जरूरत नहीं है, क्योंकि जब वह आपको देखेगा तो वह पहचान लेगा कि आप जमीन से आए हैं और फिर वह आपके साथ उदारता से पेश आएगा और आपको वापस किनारे पर रख देगा।' 'तुम जो कहोगे मैं वह करूँगा,' 'अब्द अल्लाह ने उत्तर दिया,' और मैं ईश्वर पर भरोसा करते हुए तुम्हारे साथ चलूँगा। 'वह अपने यजमान के साथ राजा के पास गया, जो उसे देखकर हँसा और कहाः 'स्वागत है, टेललेस।' दरबारियों के बीच सामान्य हँसी थी, जिनमें से हर एक ने कहाः 'हाँ, भगवान द्वारा, उसकी पूंछ नहीं है!' इस पर, उसका मेजबान राजा के पास गया और उसे 'अब्द अल्लाह' के बारे में बताया, यह कहते हुएः 'वह जमीन से है और मेरा दोस्त है। वह हमारे बीच नहीं रह सकता क्योंकि उसे केवल ग्रिल्ड या पकाई हुई मछली खाना पसंद है, और इसलिए मैं उसे किनारे पर वापस करने के लिए आपकी अनुमति चाहता हूं।' 'यदि ऐसा है,' राजा ने उत्तर दिया,

'और यदि वह हमारे साथ नहीं रह सकता है, तो मेरे मनोरंजन के बाद तुम्हें उसे घर ले जाने की मेरी छुट्टी है।' उसने एक भोजन लाने का आदेश दिया, और जब सभी प्रकार की मछलियों और विवरणों का उत्पादन किया गया था।

अब्द अल्लाह ने आज्ञाकारिता से खाया, और भोजन के अंत में राजा ने उसे एक इच्छा करने के लिए कहा। उसने गहने मांगे और राजा ने कहा: 'उसे ज्वेल हाउस में ले जाओ और उसे जो कुछ भी चाहिए उसे चुनने दो।' उसका मेजबान उसे वहाँ ले गया और जब उसने अपना चुनाव किया, तो वह उसे अपने शहर वापस ले आया, जहाँ उसने एक बटुआ दिया और कहा: मैं आपको पैगंबर की कब्र पर ले जाने के लिए यह सौंपता हूं - भगवान उन्हें आशीर्वाद दें और उन्हें शांति दें।' 'अब्द अल्लाह ने यह जाने बिना कि इसमें क्या है, इसे ले लिया, और फिर अपने मेजबान के साथ छोड़ दिया, जो उसे किनारे पर ले जाने का इरादा कर रहा था। रास्ते में, उसने गाना और मस्ती की आवाज़ें सुनीं; वहाँ मछलियाँ रखी हुई थीं और लोग खा रहे थे और आनन्द से गा रहे थे। उसने अपने मेजबान से पूछा कि क्या यह एक शादी थी, लेकिन बताया गया कि, इससे कहीं दूर, किसी की मृत्यु हो गई थी। 'क्या तुम सच में खुशी से गाते हो और किसी के मरने पर खाते हो?' उन्होंने कहा। 'हाँ,' उसके मेजबान ने उत्तर दिया, 'और तुम जमीन पर क्या करते हो?' 'अब्द अल्लाह ने कहा: 'जब हम में से कोई मर जाता है, तो हम

उसके लिए शोक करते हैं और रोते हैं, जबकि महिलाएं अपने चेहरे पर वार करती हैं और उसके लिए शोक से अपने कपड़े फाड़ देती हैं।' उसके मेज़बान ने उसकी ओर देखा और कहा: 'जो कुछ मैंने तुम्हें सौंपा है, वह मुझे वापस दे दो।' जब 'अब्द अल्लाह ने ऐसा किया था, उसका यजमान उसे किनारे पर ले गया और कहा, 'यह हमारी दोस्ती का अंत है और आज के दिन से तुम मुझे फिर से नहीं देखोगे और मैं तुम्हें नहीं देखूंगा।' 'तुमने ऐसा क्यों कहा?' 'अब्द अल्लाह ने पूछा, और दूसरे ने कहा:

क्या आप लोगों को भूमि देते हैं जो भगवान द्वारा छोड़े गए जमा का प्रतिनिधित्व नहीं करते हैं?' 'हाँ, हम करते हैं,' सहमत हुए 'अब्द अल्लाह, और मर्मन ने फिर कहा:' फिर आप इसे एक गंभीर व्यवसाय क्यों पाते हैं, आंसुओं के योग्य, अगर भगवान अपनी जमा राशि वापस ले लेते हैं, और मैं आपको कुछ के लिए कैसे सौंप सकता हूं पैगंबर? जब आपके लिए एक बच्चा पैदा होता है तो आप खुश होते हैं, लेकिन उसके भीतर का जीवन वहां भगवान द्वारा जमा किया जाता है, और इसलिए जब वह उसे वापस लेता है तो आपको उसे कठिन और शोक क्यों करना चाहिए? आपके साथ जुड़ने से कुछ हासिल नहीं होने वाला है।' उस पर, वह 'अब्द अल्लाह' को छोड़कर वापस समुद्र में चला गया। 'अब्द अल्लाह ने अपनी चीजें पहन लीं, गहने ले लिए और राजा के पास गया, जिसने उसे उत्सुकता और खुशी से

बधाई दी, कहा:' आप कैसे हैं, मेरे दामाद, और तुम इतने लंबे समय तक मुझसे दूर क्यों रहे ?' 'अब्द अल्लाह ने उसे यह बताकर चकित कर दिया कि उसके साथ क्या हुआ था और उसने समुद्र के चमत्कारों के बारे में क्या देखा था।

यह आप ही थे जिन्होंने उसे यह बताने में गलती की कि आपने क्या किया।' एक समय के लिए, 'अब्द अल्लाह किनारे पर जाता रहा और मर्मन को पुकारता रहा, लेकिन जैसा कि कभी कोई जवाब नहीं आया और मर्मन कभी नहीं आया, उसने उसे फिर से देखने की उम्मीद छोड़ दी। इस बीच वह, उनके ससुर राजा और उनके परिवार ने जीवन के सबसे खुशहाल और सबसे लाभकारी जीवन का आनंद लेना जारी रखा, जब तक कि वे प्रसन्नता के नाश करने वाले और साथियों के साथी से मिलने नहीं गए और वे सभी मर गए।

जीवित ईश्वर की स्तुति करो, जो मरता नहीं है, महिमा और राजत्व के भगवान, सर्वशक्तिमान, जो अपनी सर्वज्ञता में अपने सेवकों के प्रति दयालु है। एक कहानी यह भी बताई गई है कि एक रात, जब खलीफा हारून अल-रशीद नहीं कर सके सो, उसने मसरूर को बुलवाया और उसे जाफ़री लाने को कहा

मसरूर ने यह सब एक साथ इकट्ठा किया, और यह राशि इतनी बड़ी थी कि इसे भगवान के अलावा कोई नहीं गिन सकता था।

फिर उसने जफर को अबुल-हसन को लाने का निर्देश दिया। जाफर ने आज्ञाकारी ढंग से ऐसा किया और अबुल-हसन ने उसके सामने जमीन को चूमा, इस डर से कि कहीं खलीफा के घर में रहते हुए उसने कुछ गलत किया था, उसे बुलाया गया था। 'ओमानी,' खलीफा ने कहा, और अबुल-हसन ने उत्तर दिया: 'यहाँ मैं, वफादार के कमांडर, भगवान हमेशा के लिए आप पर अपना अनुग्रह दिखा सकता है।' खलीफा ने उससे कहा, 'इस परदा उठा।' उसने पहले अपने नौकरों को तीन प्रांतों से एकत्र किए गए धन पर पर्दा डालने का निर्देश दिया था और जब अबुल-हसन ने जैसा कहा गया था वैसा ही किया, तो वह इतने पैसे को देखकर हतप्रभ रह गया। खलीफा ने उससे पूछा कि क्या यह उस लाभ से अधिक है जिसे वह ताबीज की बिक्री पर बनाने में विफल रहा था और उसने कहा: 'यह निश्चित रूप से कई गुना अधिक है।' खलीफा ने घोषणा की, 'मैं यहां सभी को इस तथ्य की गवाही देने के लिए बुलाता हूं कि मैंने यह पैसा इस युवक को दिया है। अबुल हसन ने अपनी शर्मिंदगी और खुशी में खलीफा के सामने जमीन को चूमा और आंसू बहाए। जैसे ही उसके गालों पर आंसू बहने लगे, रक्त उनके पास लौट आया और उसका चेहरा पूर्ण रूप से चंद्रमा के समान हो गया। खलीफा ने कहा: 'भगवान के अलावा कोई भगवान नहीं है! उसकी जय हो जो एक अवस्था को दूसरी अवस्था में बदलता है, जबकि वह स्वयं शाश्वत और अपरिवर्तनीय है!' फिर उसने

एक दर्पण के लिए बुलाया और जब अबुल-हसन को उसमें अपना चेहरा दिखाया गया, तो उसने सर्वशक्तिमान ईश्वर के प्रति कृतज्ञता व्यक्त की। खलीफा ने तब पैसे को अपने घर ले जाने का आदेश दिया और कहा कि वह खुद शराब पीने वाले के रूप में उससे मिलने जाता रहे। जब तक खलीफा भगवान की दया में इकट्ठा नहीं हो गया, तब तक वह महल में लगातार दौरा करता रहा - उसकी स्तुति करो, जो शाश्वत है

उसके राज्य की महिमा। एक कहानी यह भी बताई जाती है कि मिस्र के स्वामी अल-खसीब का एक बेटा इतना सुंदर था कि, उसके लिए डर के कारण, उसे केवल शुक्रवार की नमाज़ में जाने की अनुमति दी गई थी। एक दिन, जब नगाज़ पूरी हुई और लड़का इब्राहिम मस्जिद से जा रहा था, उसने एक बूढ़े आदमी को पास किया, जिसके पास बड़ी मात्रा में किताबें थीं।

वह उतरा, आदमी के पास बैठ गया और किताबों को पलटना और उनका निरीक्षण करना शुरू कर दिया, जब उसे पृथ्वी पर कहीं भी सुंदरता के लिए एक बेजोड़ लड़की की बोलने वाली समानता मिली, जिसने उसकी बुद्धि चुरा ली, जिससे वह स्तब्ध रह गया। उसने बूढ़े आदमी से इसे बेचने के लिए कहा और, उसके हिस्से के लिए, उस आदमी ने उसके सामने जमीन को चूमा, यह कहते हुएः 'श्रीमान, यह तुम्हारा है।' इब्राहिम ने उसे सौ दीनार दिए और उसमें चित्र वाली पुस्तक ले ली।

वह अपना समय उसी को निहारने में व्यतीत करने लगा, उस

पर रात-दिन रोता रहा, बिना कुछ खाए-पिए या सोए। फिर उसने अपने आप से कहा: 'अगर मैंने पुस्तक विक्रेता से पूछा कि यह चित्र किसने चित्रित किया है, तो वह मुझे बता सकता है, और यदि विषय अभी भी जीवित है, तो मैं उसे खोजने जा सकता हूं। दूसरे दिन अब सुबह हो गई और शाहराजाद ने जो कुछ कहने की अनुमति दी थी, उससे अलग हो गए। फिर, जब वह नौ सौ तिरपनवीं रात थी,

उसने जारी रखा:

मैंने सुना है, हे भाग्यशाली राजा, कि युवक ने अपने आप से कहा: 'यदि मैंने पुस्तक विक्रेता से पूछा कि वह कौन था जिसने इस चित्र को चित्रित किया था, तो वह मुझे बता सकता है, और यदि चित्र का विषय अभी भी जीवित है, मैं उसे खोजने जा सकता था। दूसरी तरफ, अगर यह केवल एक तस्वीर है, तो मैं अपनी मोह छोड़ दूंगा और किसी ऐसी चीज के लिए खुद को यातना नहीं दूंगा जिसमें कोई सार नहीं है।'

अगले शुक्रवार को, उसने फिर से पुस्तक विक्रेता को पास किया, जो उसका अभिवादन करने के लिए खड़ा हुआ। 'चाचा,' इब्राहिम ने कहा, 'मुझे बताओ कि यह चित्र किसने बनाया है।' पुस्तक विक्रेता ने उत्तर दिया: 'सर, चित्रकार अबुल-कासिम अल-संदलानी नाम का एक बगदादी है, जो कारख नामक जिले में रहता है, लेकिन मुझे नहीं पता कि यह किसका चित्र है।' इब्राहिम ने उसे छोड़ दिया और किसी भी दरबारियों को अपनी

भावनाओं के बारे में बताए बिना, उसने शुक्रवार की प्रार्थना की और फिर अपने अपार्टमेंट में लौट आया। वहाँ उस ने एक थैला लिया, और उसमें सोने समेत तीस हजार दीनार के जेवर भर दिए। उसने सुबह तक इंतजार किया और फिर बिना किसी को बताए कारवां में शामिल होने के लिए निकल गया। वह एक बेडौइन के पास आया और पूछा कि यह बगदाद से कितनी दूर है।

मेरे बेटे,' बेडौइन ने उससे कहा, 'आपको वास्तव में बहुत लंबा रास्ता तय करना है, क्योंकि बगदाद दो महीने की यात्रा दूर है।' इब्राहीम ने कहा: 'चाचा, यदि तुम मुझे वहाँ ले जाओ, तो मैं तुम्हें एक सौ दीनार दूंगा, साथ में इस घोड़ी के साथ, जिस पर मैं सवार हूँ, जिसकी कीमत एक और हजार है।' बेडौइन ने उत्तर दिया: 'भगवान हमारे समझौते का गारंटर है।

बगदाद की दीवारें, जहां बेडौइन ने कहा: 'भगवान की स्तुति हो कि हम सुरक्षित हैं। यह बगदाद है, मास्टर।' इब्राहीम प्रसन्न हुआ और अपनी घोड़ी पर से उतर गया, जिसे उसने अपने साथी को सौ दीनार के साथ सौंप दिया।

फिर उन्होंने अपना बैग लिया और कारख जिले में व्यापारियों के केंद्र के बारे में पूछने लगे। नियति ने उसे एक गली में पहुँचा दिया

जहाँ दस छोटे-छोटे घर थे, और दोनों ओर पाँच-पाँच घर थे, और सबसे दूर एक द्वार था, जिसमें दो पत्ते और एक चाँदी का

छल्ला था। यहाँ दो संगमरमर की बेंचें थीं, जो बेहतरीन आवरणों से फैली हुई थीं, और उनमें से एक पर एक गरिमापूर्ण रूप का एक सुंदर आदमी बैठा था, जो शानदार कपड़े पहने हुए था, उसके सामने पांच मामलुक जैसे चमकते चाँद खड़े थे। जब उसने यह देखा, तो इब्राहिम ने पहचान लिया कि पुस्तक विक्रेता ने उसे क्या खोजने के लिए कहा था, और इसलिए वह ऊपर गया और उस व्यक्ति का अभिवादन किया।

उन्होंने, अपने हिस्से के लिए, अभिवादन लौटाया, अपने आगंतुक का स्वागत किया, उन्हें बैठने के लिए आमंत्रित किया और उनसे अपने बारे में पूछा। इब्राहिम ने उससे कहा: 'मैं यहाँ एक अजनबी हूँ और, यदि तुम बहुत अच्छे हो, तो मैं चाहता हूँ कि तुम मुझे इस गली में एक घर ढूँढ़ो जहाँ मैं रह सकता हूँ।'

'गज़ाला,' आदमी ने पुकारा, और एक दासी ने पुकार का उत्तर दिया, जिस से उसने कहा: 'अपने साथ कुछ नौकरों को ले जाओ; घरों में से एक के पास जाओ; इसे साफ करो, इसे सजाओ और इसमें इस सुंदर युवा के लिए सभी आवश्यक बर्तन आदि डाल दो।' जब लड़की ने वह किया जो उसने उससे कहा, तो वह इब्राहिम को घर दिखाने के लिए ले गया, और जब इब्राहिम ने उससे किराए के बारे में पूछा, तो उसने कहा:

मेरे सुंदर साथी, जब तक तुम यहाँ रहोगे, मैं तुमसे कोई किराया नहीं लूँगा।' जब इब्राहिम ने उसे धन्यवाद दिया, तो उसके मेजबान ने एक और दासी लड़की को बुलाया, जो सूरज

की तरह सुंदर थी, और उसे शतरंज का सेट लाने के लिए कहा। वह उसे ले आई और एक ममलुक के बोर्ड लगाने के बाद, उसने इब्राहिम से पूछाः 'क्या तुम मेरे साथ खेलोगे?' इब्राहिम सहमत हो गया और उन्होंने कई खेल खेले, जिसमें इब्राहिम ने जीत हासिल की। 'बहुत बढ़िया!' अपने मेजबान चिल्लाया। 'यह आपके गुणों में अंतिम स्पर्श जोड़ता है, जैसा कि आपने मुझे पीटा है, एक ऐसा काम जो बगदाद में किसी और ने नहीं किया है।' जब घर पूरी तरह से सुसज्जित, सुसज्जित हो गया, तो उसने चाबी सौंप दी और कहाः 'क्या आप मेरे घर में प्रवेश करने और मेरे भोजन में भाग लेने का सम्मान करेंगे?' इब्राहीम मान गया, और उसके साथ उस भवन में चला गया, जो उसे एक सुन्दर भवन, जो सोने से सना हुआ, और सब प्रकार के चित्रों से भरा हुआ था, चला गया। जबकि साज-सज्जा और फर्नीचर का वैभव वर्णन भीख माँगता है। उनका स्वागत करने के बाद, उनके मेजबान ने भोजन के लिए बुलाया, जिस पर सना में बनी यमनी कारीगरी की एक मेज लाई गई, और इस पर विभिन्न शानदार और स्वादिष्ट प्रकार के विदेशी भोजन रखे गए।

जब इब्राहीम भरपेट खाकर हाथ धो चुका, तब वह भवन और उसकी साज-सज्जा का निरीक्षण करने लगा, और उस थैले की खोज करने लगा, जो वह अपने साथ लाया था। यह कहीं दिखाई नहीं दे रहा था, और उसने अपने आप से कहाः

'सर्वशक्तिमान ईश्वर को छोड़कर कोई शक्ति नहीं है और कोई शक्ति नहीं है। मैंने एक या दो दिरहम का खाना खा लिया है और तीस हजार दीनार से भरा एक बैग खो दिया है। भगवन मदत करो।' बोलने में असमर्थ होने के कारण वह चुप रहा। अब सुबह हो गई और शाहराजाद ने जो कुछ कहने की अनुमति दी थी उससे अलग हो गए। फिर, जब वह नौ

सौ चौवनवीं रात थी, तो उसने आगे कहा:

यह तुम ही थे जिसने मुझे पीटा,' उस आदमी ने कहा, और फिर उसने पूछा: 'तुम कहाँ से आए हो?' 'मिस्र' कहे जाने पर उसने पूछा कि वह बगदाद क्यों आया था। उस पर, इब्राहिम ने चित्र का निर्माण किया और कहा: 'मुझे आपको बताना चाहिए, चाचा, कि मैं मिस्र के स्वामी अल-खसीब का पुत्र हूं। मैंने यह तस्वीर एक बुकसेलर के यहाँ देखी और इसने मेरी बुद्धि को लूट लिया।

जब मैंने उस चित्रकार के बारे में पूछा, तो मुझे बताया गया कि वह अबुल-कासिम अल-संदलानी नाम का कोई व्यक्ति था, जो कारख जिले के केसर स्ट्रीट में रहता था, और इसलिए मैं अपने साथ कुछ पैसे ले गया और अपने आप यहां आया। किसी को बता रहा था कि मैं क्या कर रहा था।

मुझ पर अपनी दया को पूरा करने के लिए, मैं आपको इस अबुल-कासिम को निर्देशित करने के लिए कहूंगा, ताकि मैं

उससे पूछ सकूं कि उसने चित्र क्यों चित्रित किया और इसका विषय कौन है। बदले में मैं उसे कुछ भी देने को तैयार हूं जो वह चाहता है।' 'भगवान के द्वारा, मेरे बेटे,' उसके मेजबान ने उत्तर दिया, 'मैं अबुल-कासिम हूं, और यह अद्भुत है कि भाग्य ने आपको मेरे पास कैसे ले जाया है।' यह सुनकर इब्राहीम उठ खड़ा हुआ और उसे गले लगा लिया, उसके सिर और हाथों को चूम लिया और उसे भगवान के नाम से याचना करने लगा कि वह किसका चित्र है।

तुम इस नगर में न ठहरोगे, नहीं तो तुम्हारा लोहू तुम्हारे ही सिर पर पड़ेगा।" उसके इस अभिमानी स्वभाव के कारण, मैंने बसरा को टूटा-फूटा छोड़ दिया, और तब मैंने इरा चित्र को किताबों में चित्रित किया, जिसे मैंने अलग-अलग देशों में भेज दिया। मुझे उम्मीद थी कि तस्वीर आप जैसे सुंदर युवक के हाथ में पड़ सकती है, जो उस तक पहुंचने का रास्ता खोज सकता है और जिसके साथ उसे प्यार हो सकता है। मैंने उसे इस बात के लिए राजी करने का प्रस्ताव रखा कि, अगर वह उसे जीतना चाहता है, तो वह मुझे उसकी तरफ देखने देगा, भले ही यह दूर से ही क्यों न हो।'

जब इब्राहिम ने यह सुना, तो उसने कुछ समय के लिए अपना सिर झुका लिया, और अबुल-कासिम ने उससे कहा: 'मेरे बेटे, मैंने बगदाद में तुमसे ज्यादा सुंदर किसी को कभी नहीं देखा, और मुझे लगता है कि, जब वह नजरें गड़ाए हुए है तुम, उसे

तुमसे प्यार हो जाएगा। यदि आप उसके साथ एकता प्राप्त कर लेते हैं, तो क्या आप मुझे कम से कम उसे दूर से देखने की अनुमति देंगे?' इब्राहीम इस पर सहमत हो गया और उसके मेज़बान ने कहा: 'ऐसी स्थिति में, मेरे साथ तब तक रहो जब तक तुम अपनी यात्रा पर निकल न जाओ।' इब्राहिम ने आपत्ति की, 'मैं नहीं रह सकता,' क्योंकि मेरे दिल में प्यार की आग और भी भयंकर रूप से जलती है। लेकिन उसके मेजबान ने उससे कहा कि वह तीन दिन तक धैर्यपूर्वक प्रतीक्षा करे और इसलिए उसे एक जहाज बनाने के लिए समय दें ताकि वह उसे ले जा सके

लेकिन उसने उन्हें अबुल-कासिम को इसके बारे में कुछ भी नहीं बताने का वादा करते हुए, उपहार के रूप में पैसे लेने के लिए कहा। इसलिए उन्होंने इसे स्वीकार किया और अलविदा कहा, जिसके बाद इब्राहिम ने बसरा में प्रवेश किया और पूछा कि व्यापारी कहाँ रुके हैं। यह कहे जाने पर कि वे खान हमदान नामक एक छात्रावास में रहते हैं, वह उस बाजार में गया जहाँ खान खड़ा था और जहाँ उसकी सुंदरता के कारण वह ध्यान का केंद्र बन गया।

उसने अपने एक नाविक के साथ उसमें प्रवेश किया और द्वारपाल के लिए कहा, जिसे उसकी ओर इशारा करने पर, वह बहुत बूढ़ा और प्रतिष्ठित व्यक्ति पाया गया। उनके अभिवादन के बाद, इब्राहिम ने उससे पूछा: 'चाचा, क्या आपके पास रहने

के लिए एक अच्छा कमरा है?' 'हाँ,' द्वारपाल ने उत्तर दिया और वह इब्राहिम और नाविक को ले गया और उनके लिए सोने से अलंकृत एक सुंदर कमरा खोल दिया। 'जवान,' उसने कहा, 'यह कमरा तुम्हें सूट करेगा,' जिसके बाद इब्राहिम ने दो दीनार निकाले और कहा: 'दरवाजा खोलने के बदले में ये ले लो।' द्वारपाल ने पैसे लिए और इब्राहिम को आशीर्वाद दिया, जिसने नाविक को जहाज पर लौटने के लिए कहा। वह स्वयं कमरे में गया, और द्वारपाल उस पर यह कहते हुए उपस्थित रहा:

गुरु, हम आपको यहाँ पाकर खुश हैं। इब्राहिम ने उसे एक दीनार दिया और उससे रोटी, मांस, मिठाई और शराब खरीदने के लिए कहा, और वह आदमी बाद में दस दिरहम में यह सब खरीद कर बाजार से लौट आया। उसने इब्राहिम को परिवर्तन सौंप दिया, लेकिन इब्राहिम ने उसे खुद पर खर्च करने के लिए कहकर उसे प्रसन्न किया। जो भोजन लाया गया था, उसमें से इब्राहिम ने रोटी के एक टुकड़े पर कुछ डाल दिया और उसे खा लिया। फिर उसने द्वारपाल से कहा कि वह बाकी को अपने परिवार के पास ले जाए।

वह आदमी ले गया और उनसे कहने चला गया: 'मुझे लगता है कि इस इब्राहिम की तुलना में पृथ्वी पर कोई भी अधिक उदार या मीठा नहीं है जो आज हमारे साथ रहने आया है, और अगर वह यहां रहेगा तो हम बन जाएंगे धनी। ' फिर वह इब्राहिम के

कमरे में गया और उसे रोता हुआ पाया। वह बैठ गया, अपने पैरों की मालिश की और पूछने से पहले उन्हें चूमा: 'गुरु, तुम क्यों रो रहे हो? भगवान आपको इससे दूर रखे।' 'चाचा,' इब्राहिम ने जवाब दिया, 'मैं आज रात तुम्हारे साथ पीना चाहूंगा।' उस व्यक्ति ने उत्तर दिया, 'सुनना मानना है,' और उस पर इब्राहिम ने उसे पांच दीनार दिए और उससे कहा कि इसका उपयोग फल और शराब खरीदने के लिए करें। फिर उसने और पाँच दीनार पैदा किए और कहा: 'हमारे लिए सूखे मेवे, सुगंधित फूल और पाँच मोटे मुर्गियाँ खरीदो, और मेरे लिए एक लुटेरा लाओ।'

वह आदमी चला गया और जब उसने ये सब चीजें खरीद लीं, तो उसने अपनी पत्नी से कहा कि वह खाना पकाए और शराब छान ले, यह सब करके वह इब्राहिम की सद्भावना के बदले में जितना कर सकता था। जब उसकी पत्नी ने जितना चाहा, कर लिया, तो वह सब कुछ लेकर इब्राहिम के पास ले आया। अब सुबह हो गई और शाहराजाद ने जो कुछ कहने की अनुमति दी थी उससे अलग हो गए। फिर, जब वह नौ सौ पचपनवीं रात थी, तो उसने आगे कहा:

मेरा पैसा और यह दुनिया, सब कुछ के साथ, स्वर्ग की शाश्वत खुशियों के साथ, उसके मिलन के एक घंटे के लिए, मेरा दिल सौदा करेगा। एक गहरी कराह के साथ वह बेहोश हो गया, जिससे द्वारपाल को सांस लेने के लिए छोड़ दिया। जब वह

ठीक हो गया, तो उस आदमी ने उससे पूछा: 'गुरु, आपको क्या रोना आता है और वह कौन था जिसका आप उन पंक्तियों में जिक्र कर रहे थे? वह तुम्हारे पैरों तले धूल के सिवा और कुछ नहीं हो सकती।' इब्राहिम ने उठकर स्त्रियों के उत्तम वस्त्रों का एक गट्ठर निकाला, और उस पुरुष से कहा कि वह उसे अपनी स्त्री के पास ले जाए। उसने उसे ले लिया और अपनी पत्नी को सौंप दिया, और वह उसके साथ इब्राहिम से मिलने आई, जो अभी भी आँसू में था। महिला ने कहा: 'आप हमारा दिल तोड़ रहे हैं, तो हमें बताएं कि यह कौन सी खूबसूरत लड़की है जिसे आप चाहते हैं और वह आपकी दासी होगी।' इब्राहीम ने कहा: 'चाचा, मुझे आपको बताना चाहिए कि मैं अल-खासीब का पुत्र हूं, मिस्र का स्वामी,

द्वारपाल की पत्नी ने कहा: 'भगवान के लिए, ऐसा मत कहो, मेरे भाई, अगर कोई हमें सुनता है और हम मर जाते हैं। पृथ्वी पर कहीं भी उस लड़की से अधिक अभिमानी कोई नहीं है और कोई भी उसके लिए एक आदमी का नाम नहीं ले सकता, क्योंकि वह सभी पुरुषों से दूर रहती है। उसे भूल जाओ और किसी और को ढूंढो।

अगली सुबह, इब्राहिम स्नान के लिए गया और राजा के लिए एक उपयुक्त वस्त्र पहना, जिसके बाद द्वारपाल और उसकी पत्नी ने उससे संपर्क किया। उन्होंने उसे बताया कि शहर में एक कुबड़ा दर्जी था जो लेडी जमीला के लिए काम करता था,

और उन्होंने सुझाव दिया कि उसे इस आदमी के पास जाना चाहिए और उसे अपनी समस्या इस उम्मीद में बताना चाहिए कि वह इसे हल करने का एक तरीका सुझा सकता है। तदनुसार, इब्राहिम उस आदमी की दुकान पर गया, और जब वह उसमें प्रवेश किया, तो उसे दस मामलुक मिले, जो चंद्रमा के रूप में शानदार थे, जिन्होंने उसके साथ अभिवादन का आदान-प्रदान किया, उसका स्वागत किया और उसे एक सीट दी।

वे उसकी सुंदरता और अनुग्रह से चकित थे, और कुबड़ा दर्जी खुद असमंजस की स्थिति में रह गया था। इब्राहिम ने जानबूझ कर अपनी जेब फाड़ दी थी, और अब उसने उसे सिलने के लिए कहा। जब दर्जी ने ऐसा किया, तो रेशमी धागे का उपयोग करते हुए, उसने पाँच दीनार उत्पन्न किए और उसे दे दिए, जिसके बाद वह अपने आवास को लौट गया। 'मैंने उसके लिए क्या किया जो उसे लगा कि वह पाँच दीनार के लायक है?' उस व्यक्ति ने आश्चर्य किया, और उसने अपनी सुंदरता और अपनी उदारता के बारे में सोचते हुए रात बिताई। अगली सुबह, इब्राहिम दर्जी की दुकान पर वापस गया, और जब वह अंदर गया, तो उसने अभिवादन का आदान-प्रदान किया और गर्मजोशी से स्वागत किया गया।

अपनी सीट लेने के बाद, उसने फिर से दर्जी को अपनी जेब सिलने के लिए कहा, जिसे उसने दूसरी बार फाड़ा था। 'इच्छा

से, मेरे बेटे,' दर्जी ने कहा, और इस बार, जब काम हो चुका था, इब्राहिम ने उसे दस दीनार भेंट किए, जिससे वह पहले की तरह, उसकी सुंदरता और उदारता दोनों से हैरान रह गया। 'भगवान के द्वारा, जवान आदमी,' उसने कहा, 'इसके पीछे सिर्फ एक जेब की सिलाई के अलावा कुछ और होना चाहिए। मुझे सच बताओ, क्योंकि अगर तुम इन युवा ममलुकों में से किसी एक से प्यार करते हो, तो मैं भगवान की कसम खाता हूं कि उनमें से कोई भी तुमसे ज्यादा सुंदर नहीं है। तुम्हारा विनाश करेगा।' यह सुनकर इब्राहिम ने फूट-फूट कर आंसू बहाए और दर्जी के लबादे को पकड़कर कहा: 'मेरी मदद करो, चाचा, नहीं तो मैं एक मरा हुआ आदमी हूँ।

मैंने अपना राज्य और अपने पिता और अपने दादा का राज्य छोड़ दिया है, एक विदेशी भूमि में एक अकेला अजनबी बन गया है क्योंकि मैं उसके बिना नहीं रह सकता।' जब दर्जी ने देखा कि इब्राहिम को कैसे प्रभावित किया गया था, तो उसे उस पर दया आई और कहा: 'मेरे बेटे, मेरे पास जो कुछ है वह मेरा अपना जीवन है और मैं इसे तुम्हारे प्यार के लिए जोखिम में डालने के लिए तैयार हूं, जैसे तुमने मेरे दिल को घायल किया है, और इसलिए कल मैं तुम्हें तृप्त करने की योजना बनाऊँगा।' उस पर, इब्राहिम ने उस पर आशीर्वाद दिया और खान के पास चला गया, जहां उसने द्वारपाल को बताया कि दर्जी ने क्या कहा था। 'उसने तुम्हारी एक सेवा की है,'

द्वारपाल ने टिप्पणी की। अगली सुबह, इब्राहिम ने अपने सबसे शानदार वस्त्र पहने और अपने साथ दीनार से भरा एक पर्स लेकर दर्जी का अभिवादन करने गया। जब वह बैठ गया, तो उसने कहा: 'चाचा, तुमने मुझसे जो वादा किया था, उसे निभाओ।' दर्जी ने उससे कहा:

इन्हें एक बंडल में रखें और सुबह की प्रार्थना के बाद, एक नाविक के साथ एक नाव किराए पर लें और उससे कहें कि आप बसरा के नीचे डाउनरिवर जाना चाहते हैं। अगर वह कहता है कि वह आपको एक से आगे नहीं ले जा सकतापरसंग, उसे बताएं कि यह उसके ऊपर है, लेकिन जब वह इतना दूर हो गया है, तो अपने पैसे का उपयोग उसे मनाने के लिए करें कि आप कहाँ जाना चाहते हैं। नीचे की ओर जाते हुए आपको जो पहला बगीचा दिखाई देगा, वह लेडी जमीला का होगा। जब आप इसे देख रहे हों, तो इसके द्वार पर जाएं, जहां आपको ब्रोकेड से ढकी दो ऊंची सीढ़ियां मिलेंगी, जिसमें मेरे जैसा कुबड़ा बैठा होगा। अपने कष्टों के बारे में उससे शिकायत करें और इस उम्मीद में उसकी मदद मांगें कि, आप पर दया करते हुए, वह आपको उस स्थान पर ला सकता है जहाँ आप उस महिला की एक झलक देख सकते हैं, भले ही वह केवल दूर से ही क्यों न हो। यही एकमात्र योजना है जिसके बारे में मैं सोच सकता हूं, और अगर कुबड़ा को आप पर दया नहीं आती है, तो आप और मैं दोनों मृत व्यक्ति हैं। यह मेरा सुझाव है, लेकिन मामला

सर्वशक्तिमान परमेश्वर के हाथ में है।' इब्राहिम ने कहा, 'मैं उसी से सहायता चाहता हूं।' 'क्योंकि उसकी इच्छा पूरी हो गई है, और उसके सिवा कोई बल और कोई शक्ति नहीं है।' अब इब्राहिम ने दर्जी को छोड़ दिया, अपने आवास को चला गया और उसे एक छोटे से बंडल में ले जाने के लिए कहा गया था। फिर, सुबह में, वह टाइग्रिस के तट पर गया, जहाँ उसने एक नाविक को सोता हुआ पाया।

उसने उस आदमी को जगाया और उसे दस दीनार देकर बसरा के नीचे ले जाने को कहा। उस आदमी ने कहा: 'हाँ, इस शर्त पर कि मैं एक पारसंग से आगे नहीं जाऊँगा, एक पल के लिए और अधिक का मतलब हम दोनों के लिए मौत होगी।' इब्राहिम ने उससे कहा, 'यह आपको कहना है, और इसलिए नाविक उसे ले गया और नीचे की ओर जाने लगा। जब वह जमीला के बगीचे के पास पहुंचा, तो उसने कहा: 'मेरे बेटे, मैं तुम्हें और आगे नहीं ले जा सकता, क्योंकि अगर मैं इस बिंदु से गुजरता हूं तो हम दोनों मर जाएंगे।' उस पर, इब्राहिम ने और दस दीनार निकाले और कहा: 'इस खर्च के पैसे को अपनी मदद के लिए ले लो।' वह आदमी लज्जित हुआ और उसने कहा: 'मैं मामला सर्वशक्तिमान परमेश्वर को सौंपता हूं।' अब सुबह हो गई और शाहराजाद ने जो कुछ कहने की अनुमति दी थी उससे अलग हो गए। फिर, जब वह नौ सौ छप्पनवीं रात थी, तो उसने आगे कहा:

मैंने सुना है, हे भाग्यशाली राजा, जब उस युवक ने नाविक को अतिरिक्त दस दीनार दिए, तो उस व्यक्ति ने कहा: 'मैं अपना मामला सर्वशक्तिमान ईश्वर को सौंपता हूं।' फिर वह नदी के नीचे और नीचे चला गया और जब वह बगीचे में पहुंचा, तो इब्राहिम खुशी से उठा और भाले की तरह लंबी छलांग के साथ नाव से कूद गया। उसने खुद को किनारे पर फेंक दिया, जबकि नाविक जितनी तेजी से ऊपर की ओर जा सकता था, उतर गया। जैसे ही इब्राहिम आगे बढ़ा, उसने वह सब कुछ देखा जो दर्जी ने वर्णित किया था।

एक बगीचा था, जिसका द्वार खुला था, और प्रवेश द्वार में एक हाथीदांत का सोफ़ा था, जिस पर सोने के ब्रोकेड के वस्त्र पहने हुए एक सुंदर कुबड़ा बैठा हुआ था, और उसके हाथ में सोने से मढ़ी एक चांदी की गदा थी। इब्राहीम ने फुर्ती से उसके पास आकर उसका हाथ झुका और उसे चूमा। वह आदमी इब्राहिम की सुंदरता को देखकर चकाचौंध हो गया और कहा: 'तुम कौन हो, मेरे बेटे? तुम कहाँ से आए हो और तुम्हें यहाँ कौन लाया है?' इब्राहिम ने उत्तर दिया: 'चाचा, मैं एक अज्ञानी युवा अजनबी हूँ,' और रोने लगा, जिस पर उस व्यक्ति को उस पर दया आई, उसे सोफे पर बिठाया और अपने आँसू पोंछे। उन्होंने कहा, 'आपको कोई नुकसान नहीं होगा।' 'यदि आप कर्ज में हैं, तो भगवान आपके कर्ज का भुगतान कर सकते हैं, और यदि आप डरते हैं, तो वह आपकी रक्षा कर सकता है

जिससे आप डरते हैं।' इब्राहिम ने उससे कहा, 'मैं डरता नहीं हूं, न ही मैं कर्ज में हूं,' भगवान की मदद के लिए धन्यवाद, मेरे पास बहुत पैसा है।

क्या यह कुबड़ा दर्जी था जिसने तुम्हें मेरी ओर निर्देशित किया था?' जब इब्राहिम ने पुष्टि की कि यह था, तो उसने कहा: 'वह मेरा भाई है और वह एक ऐसा व्यक्ति है जिसे भगवान ने आशीर्वाद दिया है।' फिर उसने आगे कहा: 'मेरे बेटे, अगर मैं तुमसे प्यार नहीं करता और तुम पर दया नहीं करता, तो तुम और मेरे भाई दोनों, खान के द्वारपाल और उसकी पत्नी के साथ, सभी को अपनी जान गंवानी पड़ती। आपको यह जानना होगा कि इस उद्यान का पृथ्वी के मुख पर कोई मेल नहीं है। इसे मोती का बगीचा कहा जाता है और मेरे जीवनकाल में मेरे अलावा केवल सुल्तान और उसके मालिक जमीला ही इसमें प्रवेश करते हैं। मुझे यहां बीस साल हो गए हैं और मैंने कभी किसी और को यहां आते नहीं देखा। हर चालीस दिन में एक बार, महिला नाव से आती है, ऊपर जाती है और उसमें प्रवेश करती है, उसकी नौकरानियों के साथ, साटन वस्त्र पहने हुए, जिसकी ट्रेन दस नौकरानियों द्वारा सुनहरे हुक का उपयोग करके की जाती है। मैंने खुद कभी उस पर नज़र नहीं रखी, लेकिन चूंकि मेरे पास खोने के लिए केवल अपना जीवन है, इसलिए मैं आपकी खातिर इसे जोखिम में डालने को तैयार हूं।' उस पर, इब्राहिम ने उसका हाथ चूमा, और उस आदमी ने उससे

कहा: 'जब तक मैं एक योजना के बारे में नहीं सोचता, तब तक मेरे साथ यहाँ बैठो।'

फिर वह इब्राहिम का हाथ पकड़कर बगीचे में ले गया। जब उन्होंने प्रवेश किया, तो उन्होंने सोचा कि यह स्वर्ग होना चाहिए, क्योंकि उन्होंने जो देखा वह आपस में जुड़े हुए पेड़, ऊंचे खजूर के पेड़, बहते पानी और पक्षी अपने विभिन्न गीत गा रहे थे। कुबड़ा उसे एक मंडप में ले गया और कहा: 'यह वह जगह है जहाँ लेडी जमीला बैठती है,' और जब इब्राहिम ने देखा, तो उसने पाया कि यह सबसे अद्भुत रिट्रीट में से एक है, जो सोने और लैपिस लजुली में चित्रों के साथ सजी हुई थी। इसके चार दरवाजे पाँच सीढ़ियों तक पहुँचे थे, और केंद्र में एक कुंड था, जिसके नीचे कीमती पत्थरों से जड़े सोने की सीढ़ियाँ थीं। कुंड के बीच में एक सुनहरा फव्वारा खड़ा था, जिसमें बड़ी और छोटी दोनों तरह की मूर्तियाँ थीं, जिनके मुँह से पानी निकल रहा था। इस पानी के गुजरने से मूर्तियों से अलग-अलग आवाजें आने लगीं और उन्हें सुनने वालों को लगा कि वे जन्नत में हैं।

अपनी तरफ कुबड़ा के साथ, बाद वाले ने उससे पूछा: 'तुम मेरे बगीचे के बारे में क्या सोचते हो?' 'यह एक सांसारिक स्वर्ग है,' इब्राहिम ने उत्तर दिया, जिस पर दूसरा हँसा। चिकन, बटेर और अन्य स्वादिष्ट खाद्य पदार्थों के साथ-साथ शक्करयुक्त मिठाइयों को वापस लाने से पहले कुबड़ा उठ गया और कुछ समय के लिए चला गया। इब्राहीम के आगे इसे नीचे रखते हुए,

उसने

ने कहाः 'अपना भरपेट खाओ।' इब्राहिम ने तब तक खाया जब तक कि उसके पास पर्याप्त नहीं था, और कुबड़ा यह देखकर खुश हुआ, उसने कहाः

परमेश्वर की ओर से राजा और हाकिम ऐसा ही करते हैं!' फिर उसने इब्राहिम से पूछा कि उसके बंडल में क्या है, और जब वह उसे देखने के लिए खोला गया था, तो उसने कहाः 'इसे अपने साथ ले जाओ, क्योंकि यह लेडी जमीला के आने पर काम आएगा, क्योंकि मैं तब नहीं कर पाऊंगा तुम्हारे लिए कोई खाना लाओ।' वह उठा और इब्राहीम का हाथ पकड़कर जमीला के मंडप के सामने एक स्थान पर ले गगा, जहाँ उसने पेड़ों के बीच उसके लिए एक कुंज बनाया, यह कहते हुएः 'यहाँ ऊपर आओ, और जब वह आएगी, तो तुम उसे देख सकोगे जब तक वह कर सकती है' तुम मिलते हो। यही वह है जो मैं तुम्हारे लिए कर सकता हूं, और तुम्हें परमेश्वर पर भरोसा करना चाहिए। जब तक वह गाती है, तब तक तुम अपना दाखमधु पी सकते हो, और जब वह चली जाए, तो सुरक्षित रूप से वापस जाओ, जहां से तुम सुरक्षित रूप से आए थे, यदि भगवान ऐसा चाहते हैं।' इब्राहिम ने उसे धन्यवाद दिया और उसके हाथ को चूमना चाहता था, लेकिन कुबड़ा ने इसकी अनुमति नहीं दी, और जब प्रावधानों को आर्बर में रखा गया था, उसने इब्राहिम को बगीचे के चारों ओर देखने और उसके फल खाने के लिए

कहा, यह कहते हुए कि महिला अगले दिन आने वाली थी। इब्राहिम ने इधर-उधर घूमकर और फल खाकर अपना मनोरंजन किया, जिसके बाद उन्होंने कुबड़ा के साथ रात बिताई।

अब सुबह हो गई और शाहराजाद ने जो कुछ कहने की अनुमति दी थी उससे अलग हो गए। फिर जब नौ सौ सत्तावनवीं रात हुई, तो उसने आगे कहा:

मैंने सुना है, हे भाग्यशाली राजा, कि माली इब्राहिम के पास बगीचे में गया और उसे आर्बर पर जाने के लिए कहा, क्योंकि दासियां मंडप तैयार करने आई थीं और उनकी मालकिन उनके पीछे आ रही होगी। उन्होंने आगे कहा: 'ध्यान रखें कि थूकें नहीं, अपनी नाक या छींक को साफ करें, अन्यथा आप और मैं दोनों खो जाएंगे।' इब्राहिम आर्बर के लिए रवाना हो गया और कुबड़ा यह कहते हुए चला गया: 'भगवान आपको सुरक्षा प्रदान करें, मेरे बेटे।' जब इब्राहिम वहां बैठा था, तो पांच सबसे प्यारी नौकरानियों ने मंडप में प्रवेश किया, अपने बाहरी कपड़े उतारे और उसे धोया, उस पर गुलाब जल छिड़का, उसे एलोवेरा और एम्बरग्रीस से सुगंधित किया, और ब्रोकेड फैलाया।

उनके पीछे पचास और वाद्य यंत्र थे, और उनके बीच में जमीला लाल ब्रोकेड की छतरी से ढकी हुई थी, जिसके किनारों को नौकरानियों ने सुनहरे हुक का उपयोग करके पकड़ रखा था। इस वजह से जब तक जमीला मंडप में दाखिल हुई, तब

तक इब्राहिम को न तो उसके बारे में पता था और न ही उसने क्या पहना था। 'भगवान के द्वारा,' उसने खुद से कहा, 'मेरे सभी प्रयास बर्बाद हो गए हैं, लेकिन मुझे यह देखने के लिए धैर्यपूर्वक इंतजार करना होगा कि चीजें कैसे निकलती हैं।

नौकरानियाँ अब खाने-पीने की चीजें लाती थीं, और जब उन्होंने खाया और हाथ धोया, तो वे एक कुर्सी लाईं, जिस पर जमीला ने अपना आसन ग्रहण किया। जबकि सभी लड़कियां अपने वाद्ययंत्रों पर बजाती थीं और बेजोड़ सुंदरता की आवाजों के साथ गाती थीं, एक बुजुर्ग युगल उभरा। उसने ताली बजाई और लड़कियों द्वारा खींचे जाने पर नृत्य किया, लेकिन फिर एक पर्दा उठा और जमीला खुद हंसती हुई बाहर आ गई। इब्राहिम उसके गहने और उसके वस्त्र देख सकता था, उसके सिर पर मुकुट के साथ, मोती और अन्य रत्नों के साथ सेट था। उसने मोतियों का हार पहना हुआ था और उसकी कमर के चारों ओर क्राइसोलाइट्स से बनी एक बेल्ट थी, जिसमें नीलम और मोतियों की रस्सियाँ थीं। लड़कियों ने उठकर उसके सामने जमीन को चूमा जैसे वह हंस रही थी।

इब्राहिम के वृत्तांत के अनुसारः 'उसकी बेजोड़ सुंदरता को देखते हुए, मैं विस्मय और भ्रम में अपने होश खो बैठा और मैं बेहोश होकर गिर पड़ा। जब मैं ठीक हो गया, तो मैंने निम्नलिखित पंक्तियों को आंसू बहाकर सुनायाः जब मैं तुम्हें देखता हूं, तो मैं अपनी आंखें बंद नहीं कर सकता, कहीं ऐसा न

हो कि उनकी पलकें तुम्हें मेरी दृष्टि से ढक दें। मैं कितना भी तुझे देख लूं, मेरी आंखें तेरी सुन्दरता को घेर नहीं सकतीं।' डुएना ने दस लड़कियों को नाचने और गाने के लिए कहा, और इब्राहिम ने उन्हें देखकर खुद से कहा: 'काश कि लेडी जमीला नृत्य करतीं।' जब दस समाप्त हो गए, तो वे उसके चारों ओर इकट्ठे हो गए और कहा: 'देवी, अब जब हम यहां इकट्ठे हुए हैं, तो हम चाहते हैं कि आप नृत्य करके अपना आनंद पूरा करें, क्योंकि हमने इससे अधिक सुखद दिन कभी नहीं देखा।' 'स्वर्ग के दरवाजे खुल गए होंगे,' इब्राहिम ने खुद से कहा, 'जैसे भगवान ने मेरी प्रार्थना का उत्तर दिया है।' लड़कियों ने जमीला के पैर चूमते हुए कहा: 'भगवान के द्वारा, हमने आपको आज के रूप में इस तरह के हंसमुख मूड में कभी नहीं देखा। वह अपनी इच्छानुसार बनाई गई थी, समान रूप से सुंदरता के सांचे में, न तो बहुत लंबी और न ही बहुत छोटी। मानो वह एक चमकीले मोती से बनी हो और उसके शरीर के हर हिस्से में सुंदरता का चाँद चमक रहा हो। एक अन्य कवि ने लिखा है:एक बानगी के पेड़ की शाखा की तरह कई नर्तक हैं, जिनकी हरकतें मेरी आत्मा को लगभग चुरा लेती हैं।नृत्य में उसके पैर कभी शांत नहीं होते, मानो उन्होंने उनके नीचे मेरे दिल की आग को महसूस किया हो। इब्राहिम ने कहा:
जैसे ही मैं उसे देख रहा था, वह मेरी दिशा में मुड़ गई। उसने मुझे देखा, और उस पर उसका रंग बदल गया। अपनी दासियों

को वापस आने तक गायन जारी रखने के लिए कहा, वह गई और आधा हाथ लंबा एक चाकू लाया और मेरी ओर आया, और कहा: 'भगवान, महान, सर्वशक्तिमान के अलावा कोई शक्ति और कोई शक्ति नहीं है।' जैसे ही वह पास आई, मैंने अपनी इंद्रियों पर नियंत्रण खो दिया, लेकिन जब हम आमने-सामने थे, तो चाकू उसके हाथ से छूट गया और उसने कहा: 'भगवान की जय, जो दिल बदल देता है।' फिर उसने कहा: 'हिम्मत रखो, जवान आदमी, क्योंकि तुम जिस चीज से डरते हो उससे तुम सुरक्षित हो।' मैं रोने लगा और उसने मेरे आँसू पोंछे, मुझसे पूछा कि मैं कौन था और मुझे अपने बगीचे में क्या लाया था। मैंने उसके सामने जमीन को चूमा और उसके लबादे के नीचे पकड़ लिया, जबकि उसने दोहराया कि मुझे कोई नुकसान नहीं होगा, जोड़ना: 'मैंने तुम्हारे अलावा कभी किसी पुरुष की ओर खुशी से नहीं देखा, इसलिए मुझे बताओ कि तुम कौन हो।' फिर मैंने उसे शुरू से अंत तक अपनी कहानी सुनाई, और उसने आश्चर्य से कहा: 'भगवान के लिए, मुझे बताओ, क्या तुम सच में अल-खासीब के बेटे इब्राहिम हो?' जब मैंने उत्तर दिया कि मैं हूं, तो उसने मुझ पर फेंक दिया और कहा: 'महोदय, यह आपकी वजह से है कि मैंने पुरुषों को त्याग दिया है। मुझे बताया गया था कि में

मिस्र में एक बेजोड़ सुंदरता का लड़का था, और मुझे आपके विवरण से प्यार हो गया। मैंने आपके चकाचौंध भरे आकर्षण

के बारे में जो कुछ सुना था, उसके कारण आपने मेरे दिल को मोहित कर लिया था, और मेरी आपके लिए ऐसी लालसा थी कि यह कवि के रूप में वर्णित था: तुम्हारे लिए मेरे प्यार में मेरा कान मेरी आंख से निकल गया, क्योंकि यह कुछ ऐसा होता है जो कभी-कभी होता है .

परमेश्वर की स्तुति हो, जिस ने मुझे तेरा मुख देखने दिया। मैं कसम खाता हूँ कि यह कोई और होता लेकिन तुम, मैं माली, खान के द्वारपाल, दर्जी और किसी और को सूली पर चढ़ा देता, जिसने तुम्हें आश्रय दिया था।' उसने आगे कहा: 'मैं अपनी नौकरानियों को जाने बिना आपको कुछ खाने के लिए कैसे मिल सकती हूँ?' 'मेरे पास खाने-पीने की चीजें हैं,' मैंने उसके सामने अपना बंडल खोलते हुए उससे कहा। उसने एक मुर्गी निकाली और उसमें से मुँह भरकर मुझे खिलाने लगी, जबकि मैंने उसके लिए भी ऐसा ही किया, यह सोचकर, जैसे मैंने देखा कि वह क्या कर रही है, कि यह सब एक सपना था। तब मैं दाखमधु निकाल लाया और पिया। जब तक वह मेरे साथ रही, उसकी दासियाँ गाती रहीं, और यह सब भोर से दोपहर तक चलता रहा। फिर वह उठी और मुझसे कहा कि एक नाव ले आओ और फलाने में उसकी प्रतीक्षा करो, यह कहते हुए कि वह मुझसे अलग नहीं हो सकती। 'मेरे पास एक नाव है,' मैंने उससे कहा। 'यह मेरी संपत्ति है और नाविक, जिन्हें मैंने काम पर रखा है, मेरी प्रतीक्षा कर रहे होंगे।' उसने कहा, 'यही तो चाहिए

था,' और वह फिर अपनी नौकरानियों के पास चली गई ... अब सुबह हो गई और शाहराजाद ने जो कुछ भी कहने की अनुमति दी थी, उससे अलग हो गए। फिर, जब वह नौ सौ अड़तालीसवीं रात थी।

उसने जारी रखाः

मैंने सुना है, हे भाग्यशाली राजा, कि जमीला अपनी दासियों के पास वापस गई और उन्हें उठने के लिए कहा, क्योंकि वे सभी महल में वापस जा रहे थे। उन्होंने इतनी जल्दी जाने का विरोध किया, यह इंगित करते हुए कि वे आमतौर पर वहां तीन दिनों तक रहे, लेकिन जमीला ने समझायाः 'मुझे बहुत भारीपन महसूस होता है जैसे कि मैं बीमार था, और मुझे डर है कि यह और भी खराब हो सकता है।' उन्होंने कहा, 'सुनना मानना है,' और वे अपने बाहरी कपड़े पहनकर नदी के किनारे उतरे और अपनी नाव पर चढ़ गए।

अब यह था कि कुबड़ा माली इब्राहिम के पास आया, जो कुछ भी नहीं जानता था। 'तुम्हें उसके दर्शन का आनंद लेने का सौभाग्य नहीं मिला?' उन्होंने सुझाव दिया, और कहाः 'वह आमतौर पर यहां तीन दिनों तक रहती है और मुझे डर था कि उसने आपको देखा होगा।' 'नहीं,' इब्राहिम ने कहा, 'उसने मुझे नहीं देखा और मैंने उसे नहीं देखा, क्योंकि वह कभी मंडप से बाहर नहीं आई।' माली ने कहा, 'यह सच होना चाहिए,' क्योंकि अगर उसने तुम्हें देखा होता, तो हम दोनों मर जाते। इसलिए

जब तक वह अगले सप्ताह वापस न आ जाए, तब तक मेरे साथ यहीं रहो, जब तुम उस पर अपना पेट भर पाओगे।' इब्राहिम ने उससे कहा: 'महोदय, मैं अपने साथ पैसा लाया हूं जिसे खोने से मुझे डर लगता है, और मैंने ऐसे लोगों को पीछे छोड़ दिया है जो मेरी अनुपस्थिति से लाभ की कोशिश कर सकते हैं।' 'मेरे लिए तुमसे अलग होना मुश्किल है,' माली ने इब्राहिम को गले लगाते हुए और अलविदा कहते हुए कहा। उसके भाग के लिए, इब्राहिम वापस खान के पास गया जहां वह रह रहा था, द्वारपाल से मिला और अपने पैसे वापस ले लिया। उस आदमी ने कहा, 'मुझे उम्मीद है कि खबर अच्छी है,' लेकिन इब्राहिम ने उससे कहा कि उसे वह पाने का कोई रास्ता नहीं मिला जो वह चाहता था और अब वह अपने लोगों के पास वापस जाने का इरादा रखता है। अपनी संपत्ति को नीचे ले जाने और उसके साथ नाव पर जाने से पहले उस व्यक्ति ने उसे अश्रुपूर्ण विदाई दी। इब्राहिम अब जमीला द्वारा दी गई मुलाकात के लिए निकल पड़ा और वहाँ उसकी प्रतीक्षा करने लगा। जब रात हो गई थी, तो वह झाड़ीदार दाढ़ी और कमर में एक बेल्ट बांधे हुए एक स्वाशबकलर के रूप में तैयार हुई। एक हाथ में वह धनुष-बाण और दूसरे हाथ में नंगी तलवार लिए हुए थी। लेकिन इब्राहिम ने उससे कहा कि उसे जो चाहिए वह पाने का कोई रास्ता नहीं मिला है और अब वह अपने लोगों के पास वापस जाने का इरादा रखता है। अपनी संपत्ति को नीचे ले

जाने और उसके साथ नाव पर जाने से पहले उस व्यक्ति ने उसे अश्रुपूर्ण विदाई दी। इब्राहिम अब जमीला द्वारा दी गई मुलाकात के लिए निकल पड़ा और वहाँ उसकी प्रतीक्षा करने लगा। जब रात हो गई थी, तो वह झाड़ीदार दाढ़ी और कमर में एक बेल्ट बांधे हुए एक स्वाशबकलर के रूप में तैयार हुई। एक हाथ में वह धनुष-बाण और दूसरे हाथ में नंगी तलवार लिए हुए थी। लेकिन इब्राहिम ने उससे कहा कि उसे जो चाहिए वह पाने का कोई रास्ता नहीं मिला है और अब वह अपने लोगों के पास वापस जाने का इरादा रखता है। अपनी संपत्ति को नीचे ले जाने और उसके साथ नाव पर जाने से पहले उस व्यक्ति ने उसे अश्रुपूर्ण विदाई दी। इब्राहिम अब जमीला द्वारा दी गई मुलाकात के लिए निकल पड़ा और वहाँ उसकी प्रतीक्षा करने लगा। जब रात हो गई थी, तो वह झाड़ीदार दाढ़ी और कमर में एक बेल्ट बांधे हुए एक स्वाशबकलर के रूप में तैयार हुई। एक हाथ में वह धनुष-बाण और दूसरे हाथ में नंगी तलवार लिए हुए थी।

क्या तुम मिस्र के स्वामी अल-ख़ासीब के पुत्र हो?' उसने पूछा और जब उसने कहा कि वह था, तो उसने कहा: 'और तुम किस तरह के बुरे दिमाग वाले प्राणी हो, जो राजाओं की बेटियों को बहकाने के लिए यहां आए थे? उठो और सुल्तान के सम्मन का उत्तर दो।' इब्राहिम ने कहा:

मैं मूर्छित होकर गिर पड़ा, और नाविक डर के मारे मरते हुए अपनी खालों में सिकुड़ गए। जब उसने मुझ पर पड़ने वाले प्रभाव को देखा, तो उसने अपनी झूठी दाढ़ी खींच ली, तलवार फेंक दी, अपनी बेल्ट खोल दी और मुझे महिला जमीला के रूप में दिखाया। 'भगवान के द्वारा,' मैंने उससे कहा, 'तुमने मेरा दिल लगभग रोक दिया।' फिर मैंने नाविकों से कहा कि वे जितनी जल्दी हो सके नाव को आगे बढ़ाएँ, जिस पर उन्होंने पाल फहराया और जल्दी में चल पड़े। हमें बगदाद पहुँचने में कुछ ही दिन लगे और जब हम वहाँ पहुँचे तो हमें नदी के किनारे एक और नाव दिखाई दी। इसके चालक दल ने हमें पुकारा, उन्हें नाम से पुकारा और उनकी सकुशल वापसी पर बधाई दी। वे अपनी नाव साथ ले आए और जब मैंने देखा, तो मैंने देखा कि उसमें अबुल-कासिम अल-संदलानी थी। मुझे देखकर उन्होंने कहा:

यही मैंने आशा की थी। आप जहां भी जाते हैं, मैं आपको भगवान की सुरक्षा के लिए प्रतिबद्ध करता हूं, लेकिन अब मुझे एक काम पर जाना है।' उसके हाथ में एक मोमबत्ती थी और जब उसके सवाल के जवाब में मैंने उससे कहा कि मुझे जो चाहिए वो मिल गया तो वह इसे हमारे करीब ले आया। उसे देखते ही जमीला के हाव-भाव बदल गए और वह पीली पड़ गई, जबकि उसे देखते ही उसने कहा: 'भगवान के संरक्षण में जाओ। मुझे सुल्तान के काम के सिलसिले में बसरा के लिए निकलना

है, लेकिन जो मौजूद हैं, उन्हें तोहफा मिलता है।' फिर उसने मिठाइयों का एक डिब्बा तैयार किया जिसे उसने हमारी नाव में फेंक दिया, और जिसे उसने ड्रग बंज के साथ लगाया था। मैंने कहा: 'इनमें से कुछ खा लो, मेरे प्रिय,' लेकिन जमीला रो पड़ी और मुझसे पूछा कि क्या मुझे पता है कि वह आदमी कौन था। 'हाँ,' मैंने उससे कहा, 'यह अल-संदलानी थी।' जमीला ने मुझसे कहा, 'वह मेरा चचेरा भाई है। 'उन्होंने एक बार मेरे पिता से मेरा हाथ मांगा लेकिन मैं उन्हें स्वीकार करने के लिए तैयार नहीं था और अब वह बसरा जा रहे हैं और मेरे पिता को हमारे बारे में बता सकते हैं।' मैंने कहा: 'मोसुल पहुंचने से पहले, वह बसरा, महिला, नहीं मिलेगा,' यह नहीं जागते कि हमारे लिए भविष्य क्या है। फिर मैंने उनमें से एक मिठाई खा ली, लेकिन जैसे ही वह मेरे पेट में गई, मेरा सिर जमीन पर लग गया। कुछ समय बाद, जब भोर होने वाली थी, मुझे छींक आई; मेरे नथुने से दवा साफ हो गई और मैंने अपनी आँखें खोलीं कि खुद को कुछ खंडहरों के बीच आधा नंगा पड़ा हुआ पाया। मैंने अपने चेहरे पर थप्पड़ मारा, यह महसूस करते हुए कि यह अल-संदलानी द्वारा मुझ पर खेली गई चाल रही होगी। मुझे नहीं पता था कि कहाँ जाना है, मैं केवल अपने दराजों में कपड़े पहने हुए था, लेकिन मैं उठा और थोड़ा सा चल दिया, जब अचानक मैंने देखा कि वली आ रही है, तलवार और लाठी के साथ पहरेदारों के साथ। अपने अलार्म में, मैंने एक बर्बाद स्नान घर

में ढँक लिया, जो मुझे वहाँ मिला, लेकिन एक बार अंदर मैंने कुछ ठोकर खाई और जिस हाथ से मैंने बाधा को छुआ था वह खून से ढका हुआ था। मैंने अपने हाथ अपने दराजों पर पोंछे बिना यह जाने कि मैंने क्या छुआ था, लेकिन दूसरी बार अपना हाथ बढ़ाकर , मैंने पाया कि यह एक लाश थी। मैंने उसका सिर उठाया लेकिन फिर उसे फिर से गिरने दिया, यह कहते हुए: 'परमेश्वर, श्रेष्ठ, सर्वशक्तिमान के अलावा कोई शक्ति और कोई शक्ति नहीं है!' मैं नहाने के घर के एक कोने में छिप गया, लेकिन जैसे ही मैंने ऐसा किया, वली दरवाजे पर आया और अपने पहरेदारों को अंदर जाने और जगह की तलाशी लेने का आदेश दिया। उनमें से दस मशालें लेकर अंदर दाखिल हुए, और घबराहट में मैं एक दीवार के पीछे झुक गया, जहाँ से मुझे लाश दिखाई दे रही थी। यह एक लड़की का निकला, जो महंगे कपड़े पहने हुए थी, उसका चेहरा चाँद जैसा प्यारा था, उसका सिर एक जगह पड़ा था और उसका शरीर दूसरी जगह था। जब मैंने उसकी ओर देखा, तो मैं कांपने लगा, और वाली ने प्रवेश किया और अपने आदेश को दोहराया कि पूरे स्नानघर की तलाशी ली जाए। पहरेदार वहाँ आ गए जहाँ मैं था, और उनमें से एक, मुझे देखते ही, आधा हाथ लंबा चाकू लेकर आगे बढ़ा। जैसे ही वह पास आया, उसने पुकारा: 'भगवान की महिमा हो, जिसने इस सुंदर चेहरे को बनाया है।' फिर, मुझसे यह पूछने के बाद कि मैं कहाँ से आया हूँ, उसने मेरा हाथ पकड़ लिया और

कहाः 'यार, तुमने इस लड़की को क्यों माराॽ' 'भगवान के द्वारा,' मैंने उससे कहा, 'मैंने उसे नहीं मारा और मुझे नहीं पता कि किसने किया, क्योंकि मैं यहां केवल इसलिए आया क्योंकि मैं तुमसे डरता था।' फिर मैंने उसे अपनी कहानी सुनाई और कहाः 'भगवान के लिए, मेरे साथ गलत मत करो, क्योंकि मेरे पास खुद की काफी परेशानी है। आधा हाथ लंबा चाकू लेकर। जैसे ही वह पास आया, उसने पुकाराः 'भगवान की महिमा हो, जिसने इस सुंदर चेहरे को बनाया है।' फिर, मुझसे यह पूछने के बाद कि मैं कहाँ से आया हूँ, उसने मेरा हाथ पकड़ लिया और कहाः 'यार, तुमने इस लड़की को क्यों माराॽ' 'भगवान के द्वारा,' मैंने उससे कहा, 'मैंने उसे नहीं मारा और मुझे नहीं पता कि किसने किया, क्योंकि मैं यहां केवल इसलिए आया क्योंकि मैं तुमसे डरता था।' फिर मैंने उसे अपनी कहानी सुनाई और कहाः 'भगवान के लिए, मेरे साथ गलत मत करो, क्योंकि मेरे पास खुद की काफी परेशानी है। आधा हाथ लंबा चाकू लेकर। जैसे ही वह पास आया, उसने पुकाराः 'भगवान की महिमा हो, जिसने इस सुंदर चेहरे को बनाया है।' फिर, मुझसे यह पूछने के बाद कि मैं कहाँ से आया हूँ, उसने मेरा हाथ पकड़ लिया और कहाः 'यार, तुमने इस लड़की को क्यों माराॽ' 'भगवान के द्वारा,' मैंने उससे कहा, 'मैंने उसे नहीं मारा और मुझे नहीं पता कि किसने किया, क्योंकि मैं यहां केवल इसलिए आया क्योंकि मैं तुमसे डरता था।' फिर मैंने उसे अपनी कहानी सुनाई और

कहा: 'भगवान के लिए, मेरे साथ गलत मत करो, क्योंकि मेरे पास खुद की काफी परेशानी है।.